SOUSCRIPTIONS

POUR

LA FONDATION D'UNE CHAIRE

A

L'UNIVERSITÉ CATHOLIQUE
DE PARIS

PAR LA PAROISSE SAINTE-CLOTILDE

RECUEILLIES PAR M. —— ———— ————————

1876

Livret N°

Imprimerie Lainé, rue Saint-Guillaume, 23.

LETTRE CIRCULAIRE

DE SON ÉMINENCE

LE CARDINAL ARCHEVÊQUE DE PARIS

AU CLERGÉ DE SON DIOCÈSE

AU SUJET DE LA FONDATION DE L'UNIVERSITÉ CATHOLIQUE

PARIS

LIBRAIRIE ADRIEN LE CLERE

HENRI LE CLERE, REICHEL & Cⁱᵉ, Sʳˢ

ÉDITEURS DE N. S. P. LE PAPE ET DE L'ARCHEVÊCHÉ DE PARIS

RUE CASSETTE, 29.

—

1875

TOME I. P. 425.

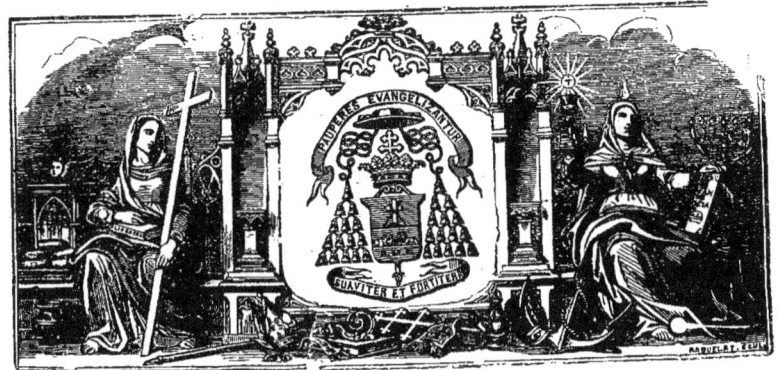

LETTRE CIRCULAIRE

DE SON ÉMINENCE

LE CARDINAL ARCHEVÊQUE DE PARIS

AU CLERGÉ DE SON DIOCÈSE

AU SUJET DE LA FONDATION DE L'UNIVERSITÉ CATHOLIQUE

Paris, le 27 décembre 1875.

MESSIEURS ET CHERS COOPÉRATEURS,

La loi votée par l'Assemblée nationale le 12 juillet dernier a consacré un droit qui faisait depuis longtemps l'objet des justes revendications des catholiques : le droit d'assurer à la jeunesse chrétienne un enseignement conforme à ses croyances. Il y a vingt-cinq ans, un premier acte de justice et de haute sagesse avait affranchi l'enseignement aux degrés inférieurs et moyens. La loi récemment promulguée fait un pas de plus

dans cette voie, et, sans supprimer toutes les entraves, donne à l'enseignement supérieur une liberté relative. Elle permet aux pères de famille
de mettre d'accord l'intérêt spirituel et l'intérêt temporel de leurs
enfants dans cette dernière préparation intellectuelle et morale qui
ouvre l'accès des différentes carrières.

Cet acte du pouvoir législatif créait pour ceux sur qui pèse la charge
des âmes le devoir de mettre en œuvre la liberté conquise et de répondre
par des faits à l'attente des familles catholiques.

L'épiscopat français n'a pas reculé devant cette tâche, soutenu qu'il
est par le sentiment de sa mission et par le concours assuré de tous les
fidèles chrétiens. Déjà sur plusieurs points de la France des établisse-
ments d'enseignement supérieur ont ouvert leurs cours. Partout la ligne
à suivre a été nettement tracée : user loyalement et pacifiquement du
droit reconnu par la loi ; éviter toute hostilité, toute provocation, toute
injustice à l'égard des maîtres honorables et savants qui enseignent dans
d'autres chaires que les nôtres ; mais aussi donner à l'enseignement des
nouvelles facultés le caractère grave et religieux qui répond aux besoins
de notre société et aux vœux des familles chrétiennes.

Pour ne parler que de l'établissement qui nous touche de plus
près, vous savez, Messieurs et chers coopérateurs, que les évêques de la
province de Paris et des provinces voisines se sont associés, au nombre
jusqu'ici de vingt-huit, pour fonder dans cette capitale une Université
catholique. Leur premier soin a été de soumettre leur projet au Souverain
Pontife, qui a daigné leur envoyer, avec ses paternelles bénédictions, les
conseils de sa haute et prévoyante sagesse. Forts de cet encouragement,
les prélats fondateurs ont posé les bases de l'œuvre et en ont confié le
gouvernement à un conseil pris dans leur sein. Tous se sont engagés à
soutenir l'entreprise par un effort commun et à lui assurer les ressources
nécessaires pour faire face aux dépenses qu'elle entraîne.

Vous avez reçu, il y a quelque temps, l'appel qu'ils ont adressé, dans
une lettre pastorale collective, aux fidèles de tous les diocèses associés.
Le plus grand nombre d'entre eux ont ajouté à cet acte fait en commun

un appel particulier, pour provoquer de la part de leurs diocésains les généreuses libéralités sans lesquelles l'œuvre ne saurait grandir et durer. Je viens moi-même aujourd'hui m'acquitter de ce devoir, en m'adressant à tous les fidèles par l'intermédiaire de leurs pasteurs respectifs et de tous les membres de notre digne clergé.

Cette manière de procéder m'a paru la meilleure et la plus convenable pour plusieurs motifs. D'abord, il me semble que le clergé a, dans cette sainte entreprise, un rôle principal : il s'agit ici des intérêts dont il a la garde, il s'agit de l'avenir de la religion dans notre pays. Cet avenir sera tel que le feront les générations qui grandissent, surtout dans cette classe de la société qui dirige les autres et qui a elle-même tant besoin d'être dirigée. Le clergé catholique ne comprendrait pas assez sa mission s'il ne voyait dans le mouvement qui se produit l'œuvre même de son apostolat. Il y a donc lieu pour les ecclésiastiques de faire en faveur de cette fondation des sacrifices personnels, mesurés bien plus sur l'importance de l'objet que sur l'étendue trop bornée de leurs ressources. Le clergé de diverses contrées où se fondent des Universités catholiques a déjà donné de nobles exemples, qui provoqueront parmi nous, je n'en saurais douter, une généreuse émulation.

Une autre raison qui me détermine à demander particulièrement l'intervention du clergé, c'est que je vois en cela le moyen le plus efficace d'intéresser à notre œuvre le dévouement des fidèles. En présence des charges si lourdes que la création et surtout l'entretien annuel d'une Université nous impose, ce n'est point assez de ces dons passagers, de ce concours restreint que provoque d'ordinaire un appel adressé par l'évêque pour des besoins accidentels. Ce qu'il nous faut, ce que le succès de la fondation commencée exige impérieusement, ce sont d'abord des dons importants pour couvrir les frais de premier établissement; ce sont ensuite des subventions suffisantes pour former, soit en capital, soit en revenu, un fonds de dotation qui assure la vie et la durée de l'entreprise. Or, pour obtenir ce double résultat, il importe que des démarches individuelles soient faites auprès des personnes à qui Dieu a dévolu les avantages et la responsabilité d'une grande fortune ; il faut que leur attention soit attirée sur le caractère d'une telle fondation, sur ses besoins, sur ses bienfaits ; que la mesure et le mode de l'assistance réclamée soient étudiés et déterminés en pleine connaissance de cause ; autrement il y aurait tout lieu de craindre que les moyens sur lesquels on aurait compté ne restassent au-dessous des plus évidentes nécessités. Mais ces démarches n'entrent-elles pas dans la mission du prêtre ? N'est-ce pas lui qui connaît le mieux et les ressources et les dispositions de ceux dont nous espérons le concours ? Son ministère, qui le met en rapport avec tous, lui fournit l'occasion et lui donne le droit de faire valoir auprès de tous, avec zèle et discernement, les intérêts les plus sacrés des âmes et de la religion.

Au reste, Messieurs et chers coopérateurs, ces considérations [n'ont pas échappé à l'intelligence éclairée de notre clergé. Avant toute invitation de ma part, plusieurs ecclésiastiques sont venus m'apporter de généreuses offrandes ; d'autres, prévenant ma pensée, ont déjà commencé auprès des fidèles les démarches que je conseillais tout à l'heure. Mais le moment est venu de généraliser cette action ; et mon but, en vous adressant cette lettre, est bien moins de stimuler votre zèle qui m'est connu que de le régler pour le rendre plus efficace.

J'invite donc d'abord le clergé du diocèse de Paris à faire collectivement un grand effort, soit pour subvenir aux frais de premier établissement, soit pour fonder dans l'Université catholique une ou plusieurs chaires. M. l'abbé Legrand, mon vicaire général, qui représente dans mon conseil le corps des curés, voudra bien se mettre à votre tête et organiser la souscription, qui pourra être couverte par des versements une fois faits ou par des annuités promises pour un certain nombre d'années.

J'invite en second lieu MM. les curés, et généralement tous les ecclésiastiques de mon diocèse, à user de leur influence pour faire comprendre aux chrétiens zélés et opulents l'importance de la création commencée et l'étendue de ses besoins. Je leur signale en particulier

430

comme objet de leurs efforts la fondation des chaires. Pour assurer une telle fondation, une somme de cent mille francs au moins est jugée nécessaire. N'est-il pas possible, en groupant ensemble plusieurs familles, plusieurs communautés, plusieurs paroisses, de former des sommes semblables en capital ou l'équivalent en souscriptions annuelles? Si dès les premières années le zèle du clergé et des fidèles parvenait à fonder plusieurs chaires, nous considérerions le succès, la durée, le développement de notre Université comme assurés dans l'avenir.

Pour vous faciliter les démarches que vous croirez devoir entreprendre, j'envoie à MM. les curés un certain nombre d'exemplaires de la présente lettre, afin que vous puissiez vous-même la communiquer en mon nom aux généreux chrétiens dont nous sollicitons le concours (1).

Enfin, pour combler les vides que les souscriptions laisseront encore dans notre budget et pour me conformer aux résolutions prises pa l'assemblée des évêques fondateurs, je prescris une quête qui se fera chaque année, à partir de 1876, dans toutes les églises et chapelles du diocèse. Cette quête aura lieu à tous les offices, le dimanche où nous célébrons la solennité de la fête de la Purification, et le produit en sera versé au secrétariat de l'Archevêché.

Telles sont, Messieurs et chers coopérateurs, les mesures que les

---

(1) Le titre de *bienfaiteur* de l'Université catholique de Paris est donné aux personnes qui souscrivent à la fondation pour une somme de mille francs.

Le titre de *bienfaiteur insigne* est accordé à toute personne qui fait un don de dix mille francs.

Le titre de *fondateur* est accordé à ceux qui font un don de cent mille francs. Cette somme peut être affectée, sur la demande du donateur, soit à l'entretien d'une chaire déjà existante, soit, si le Conseil supérieur l'approuve, à la création d'une chaire nouvelle.

Les sommes souscrites peuvent être versées en une seule fois ou en cinq annuités égales.

Des tableaux portant les noms des bienfaiteurs et des fondateurs seront formés et placés dans une des salles principales de l'Université. Les noms des *fondateurs* seront inscrits à la suite de ceux des évêques.

Les titres de bienfaiteurs et de fondateurs peuvent être acquis par les familles, les communautés, les paroisses, les sociétés charitables, scientifiques, industrielles, etc.

circonstances m'imposent le devoir de prendre pour faire face à des nécessités nouvelles. J'en confie l'exécution à votre zèle et à votre intelligence des besoins de l'Église. Je sais combien de charges pèsent déjà sur votre charité, et il me serait bien doux de les alléger au lieu d'y ajouter encore. Mais nous vivons en des temps de suprême péril, où les enfants de Dieu et surtout ses ministres ne doivent pas compter les peines ni les sacrifices. Multiplions généreusement nos efforts, et Dieu ne nous refusera ni le secours qui doit les rendre féconds ici-bas, ni la couronne qui les récompensera dans le ciel.

Agréez, Messieurs et chers coopérateurs, l'assurance de mes sentiments les plus affectueux et les plus dévoués.

† J. HIPPOLYTE, cardinal GUIBERT,
archevêque de Paris.

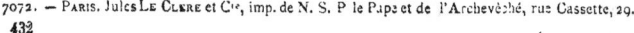

7072. — Paris. Jules Le Clere et Cⁱᵉ, imp. de N. S. P le Pape et de l'Archevêché, rue Cassette, 29.
432

DATE	NOM DES SOUSCRIPTEURS	SOMMES VERSÉES
	M	

DATE	NOM DES SOUSCRIPTEURS	SOMMES VERSÉES
	M	

DATE	NOM DES SOUSCRIPTEURS	SOMMES VERSÉES
	M	

DATE	NOM DES SOUSCRIPTEURS	SOMMES VERSÉES
	M	

DATE	NOM DES SOUSCRIPTEURS	SOMMES VERSÉES
	M	

DATE	NOM DES SOUSCRIPTEURS	SOMMES VERSÉES
	M	

DATE	NOM DES SOUSCRIPTEURS	SOMMES VERSÉES
	M	

DATE	NOM DES SOUSCRIPTEURS	SOMMES VERSÉES
	M